大庭れいじ歌集

摩天楼の森

東奥日報社

目次

Blue 127首

おりがみ

いちまいのおりがみで鶴をおるまでのながい道のり　羽をひろげて

あるがままなすがまま世のおもうまま投函されし朝の新聞

箱庭のひまわりの背が皆ちがう　検索すればゴッホのせいなり

デジタルのことばではなしかけられてアナログの耳がやどかりになる

コーダの子　ひとたばになり濁りたる窓をみがいて父母を助けよ
※コーダ＝Children of Deaf Adults（聾者の親を持つ聴者）

やどかりの耳を売る国　マリちゃんがもし生きてたら地雷掘り起こせ

ぼくは鍵、きみは鍵穴。でもうまくダウンロードができなかっただけ

許しあい抱きあいながら先っぽに咲く向日葵を見つめておりぬ

戦場は青森県の八戸市本八戸《ほんぱち》駅付近、自爆テロ現る。

千羽鶴ひきずりながら他者の死のため終電はゆっくり走る

テニスコート田んぼ自転車マリちゃんが車窓にうつり　風鈴が鳴る

デスマスクはがすたびわが定型のうつわにひびが、波立つ海が、

遺失物あつめて旅をして思う（おんなはいつもおとこを捨てる）

灯台をさがせない夜は目の前にベンチがあれば寝たものでした。

クロネコが運びし青い洗濯機　尾びれと背びれがつき島になる

ピーナッツのこしてたまに海でする　ふたりのうみはすなにしみこむ

うしろからさすナイフ、でも、先端がすりへってゆく消しゴムだから

創造の水平線を想像の太陽が染めて、それぞれの旗

ひらかれた耳がとらえるきみの声　返信がくるまでこぐぶらんこ

百年もたてばぼくらはいちまいのおりがみにかえる　宇宙をこえて

世界が始まる

幾千のまぶたが閉じて幾千の窓が閉められ世界が始まる

トンネルの途中にあったコンビニでマネキンを買う予定ではなく

人妻の話すことばのひとひらにほそながく光る蜘蛛の糸あり

マネキンの寺山修司　地下駅のホームの上にずらりと並ぶ

錆びついたつまみを回し視界《スクリーン》を広げて町へ出よう書を捨てて

定型の名前を捨てし人妻が口にふくみしスポンジのみず

捨てられた約束だけで出来た城　どうせ泣くなら内側でどうぞ

一晩中つぶやいていたらジッパーの窓から見えるクジラが白い

わらわれた日々

わらった日わらえた日はもうわすれたさ　わらわれた日々がわれを生かすのだ

風に吹かれ辿り着いたるこの町の空に流れるスローバラード

死んだおとこが死んだおんなと肩並べ宝くじの下二桁を眺める

細胞のひとつひとつに沁み込んだ反戦魂《だま》よ　さよならキヨシロー

テーブルの上に正座してラーメンを食べてチラチラおたまじゃくしを見る

肌一枚脱いだらおれもおまえらも同じだってこと、昨夜気づいた

雨上がりの夜空に見える流れ星　悪いことばかりないさ人生は

旅の途中

孤独というオープンカーで砂漠過ぎ、デルヴォーの裸おんなの町へ

一糸まとわぬ姿の土偶女子《おみなご》が徘徊す。ああ、人工楽園。

両耳をふさがれていく旅の途中、縫われた瞼を裂いたばかりに、

ゾンビーの着ぐるみ着ないと間引かれる運命《さだめ》なり、ここはわれのふるさと。

八戸市三日町ゴースト・タウン。出る杭は打たれ、朽ちて泡になる。

現在と過去のねじれた隙間から僕を見張るは未来のわたし

八戸市えんぶり号のバス停にわれはジュリアン・ソレルの気分で

見るべきであった過去の画が現在の窓に貼りつく　時空曲げられて

うつし世の終わりは僕の〈終わり〉君が終わらせるでなく僕が終わらせる。

七の目が出るまで賽を振り続け、出る杭よ、いつか摩天楼になれ

神さま

寝るときは瞼を左から右の順に閉じてく癖が抜けない

真夜中のすき家の床を掃除するキン肉マンはゆでたまご好き

友が友呼ぶ法則を誠実に守りて友に呼ばるる一日

あたたかい風がゆっくり通り過ぎる部屋では隅の座布団に座す

鍵を食む穴に大きい小さいがあることを知るコインロッカー

遺伝子の二重螺旋の端末を落としてしまい、雪かきしてます

除雪車のシャベルがわれの補聴器もガラケーも骨も埋めて去りぬ

絵葉書のボカシの墨を永遠にこすり続けて　神さまになる

ヒトの舌

サングラス越しの真っ赤な太陽が記念碑になりゆく最後の日

眼を閉じて生肉喰えど牛か豚か馬か羊かわかるヒトの舌

八戸も東京もうつわ壊されて戦車がとまる時間がとまる

目に見えぬ死者のえんぶりが校庭を一周舞いて話しかけくる

かたち変え滅びてはまた復活す　ゾンビのようなイエスになりたい

王様の町

金網を揺らして猿が街灯を指さす　さむい王様の町

あの高さまで走れると王様に伝えつづけてタクシードライバー

王様と女王様とが順番に工事の終わりを待ちつづけており

スペードもクラブもハートもダイヤもラミネートされた王様の声

液化したり気化したりして王様はお城のなかでただにふけゆく
しゃぼん玉寝室に飛んできて不意に爆発したりベッドになったり
糖質がゼロのビールをぐびぐびと飲んでいきなりはじめることも

王様の正体を見た女王様　鏡のなかをのぞいてついに
いつまでも回るベッドのうえ走る王様ももいろクローバーZ
パソコンのハードディスクがクラッシュして王様の元の顔が消えたり

芋虫

芋虫をゆっくりつぶす指見えて　弱者が並ぶ朝の校庭

芋虫の這う寝室の天井がしずかに下がり、乱歩は歌う

ハイボール酒場の床に捨てられた芋虫サラダ、今朝とれたての

戦場をゆっくり過ぎるキャタピラー　侍ジャパンのＰＫ破れて

地球儀はもう芋虫で埋もれて　たわむれに指がつぶす一匹

両腕も両脚も欠けて聴こえないジョニーのまぶたに映る芋虫
戦争を知らないぼくは芋虫が脱皮するのをただ見てるだけ
手のひらの上に芋虫のせて笑うアリス　葡萄を並べるように

啄木もわれもイモムシ　あそこまで辿り着くのに血ばかり吐いて

芋虫を踏みつぶす音聴こえずに輪廻くりかえすわれ影法師

ころころとだれかにころがされてもいい　蝶になるのはもう知っている

ふるさとのまぶた

真っ黒い瞳の奥で蜘蛛の巣がひかるひとたち　ふるさとのまぶた

千里眼のタロウくんと地獄耳のシロウくんとがユニットを組む

ぶらんこにのりっぱなしはタロウくんと思ってたのにシロウくんなり

村次郎全詩集さがして猫町へ　アマゾンの箱の山を崩して

マスゲームたったひとりの落伍者を笑ってはダメ　あの娘《こ》はわたし

聴き取れない色が波間にうかんでる　見られない音が胎内にある

青汁をのんだ最初の日は昨日だったかギターに問いながら歌う

一泊で借りた『ローマの休日』の心拍数がなぜか足りない

ゆうぐれに濃くなってゆく無人島日記　ほんとうは桃がたべたい

老いぼれた亀にささげる歌ひとつ作ろうとしてバンド解散

ペンライト

冬用のペットボトルの飲み口をようやく閉じて春をむかえる

アパートに帰りて独り窓外を泳ぐ無数の顔を眺める

さみしくて用もないのに一日に何度も足を運ぶコンビニへ

つぶやいてみたきひとつやふたつありて世界にひとりペンライトつけて

ひと夏をともに過ごしたペンライトこの世の闇を照らす蛍火

WASEDA

一冊の書物求めてその街をうろついただけ、それだけなのに、
その街で画家志望の娘《こ》と知り合ってエッフェル塔のことを夢見た
その街に響いたあの詩　あの時代にしか聴けない愛のシャンソン

どこまでも流れる想いは河のよう　その街でしか生かされない猫

古本屋だった一角にコンビニが建ち　その街の息荒くなる

わかりあえない二人だった、その街で流した涙、路地に捨てた猫、

背を向けてすたすた進みゆく君を追いかけ追いかけ　その街を過る

湾岸道路

ドライブに最適な湾岸道路　あちこちに靴がそろえられていて

うつくしく描かれる恋　心中を知らないままに爪だけのびて

樹海の奥　時間差ですぐころがりてくるヒトの体いよよ小さく

死後きみに会えるだろうか生きているときは会えずに花火ばかりで

ともに死ぬ仲間がひとりふたりさんにんと増えゆくつぶやくたびに

一息に噛みくだくにはあまりにも多くてサラダのように食むサプリ

風の向き変わればきっと心中も笑い話になるはずだった

ガネーシャ

かき氷がおかれたままで冬になり庭の冷蔵庫に雪がふる

自転車で駅にあらわれ挨拶をして消えるだけ「少年ジャンプ」

神を拝む人に交じりてゆっくりと象の顔《フェイス》を取り戻す神

吉野家か松屋かすき家で迷いつつ　コンビニの牛丼食べる夜

コンデンスミルクのチューブしぼりたる世代と観るサスペンス劇場

ペンギンの居酒屋でブルーベリーパフェ食べて瞳がきらきらじいさん

葉脈の街をうろつき五月まで愛されることを拒んでました

世界中の消しゴムの屑を集めてこしらえた像　ガネーシャになる

iPhone

iPhoneの充電可能な部屋ですか　カプセルホテルはいつも海底

コンセント穴のない部屋飛び出して充電器を手にさまよう廊下

iPhoneの液晶内に甲虫が棲みてときどきアプリをかじる

iPhoneの日めくりはがし、みんな海みんな山みんな川とつぶやく

つま先で確かめてねと言われても北極か南極かわからず

競馬場で飲む水は濃い　踊り場の馬の剥製はオグリキャップ

はらわたをのぞかれているようだ　わがiPhoneがたらい回しされると

愛というオブラートにて包まれた虐待ばかり　夏の忘れもの

富士山の向こうから顔あらわして怪獣がぼくを呼ぶカーニバル

自転車をこいでゴジラの背を渡る　切断された耳は気にするな

障害はかかえるものでなく乗り越えるものと気づいて、ニッポンの晴れ

Red

100首

潰瘍性大腸炎

ストレスのたびに腸壁を傷つける砂鉄を飲んで　真っ赤な果肉

血便のプールに溺れていくのみか、たとえ泳げても虹は見えない。

剥製のミノタウロスの内部へと潜る大腸カメラの眼《まなこ》

肛門から口へ続くか体内チューブ　焼鳥の串より太く長し

修行僧のごとくに呻く病室のヒマワリに点滴の管、管、

真夜中に突然叫ぶわれファウスト　過去と未来の剃刀《エッジ》に裂かれて

四人部屋のベッドの荒野　種まけば向日葵や薔薇や仙人掌が咲く

われにつながる延命措置の数々をはずそうキング牧師のように

ウルトラＱ

五階建てマンションの陰　ガラモンが隠れて盗み見する世界史

ご近所のオバサンはＭ１号の顔で見極める　海鞘のプラスを

ミドリガメ育ち過ぎるとガメロンかガメラになると信じる昭和の子

金を食うカネゴンのため金稼ぐ子が増えてこの星は安泰

観覧車のそばにていつも立っているケムール人は見ても見ぬ振り

着ぐるみのゴジラがゴメスにアボラスがレッドキングになるエコロジー

ガラダマが降る秋の夜　地球人の振りした総理が「未知との遭遇」

たぶん俺はセミ人間さ　背広着てもどこか綻びのある違和感よ

オムライス

ホコ天で踊る七色の天使《エンジェル》が血まみれ、早く！　ブラック・ジャック！

ブレーキ踏まず他人《トマト》を轢いていくトラック、黄ばむ路面にケチャップまぶして、

無差別に振りまわされた刃をチラリ、鞘に収めろ、椿三十郎、

ゴムの輪がわが首絞めていく悪寒、ジョニー・デップの剃刀ショコラ

雑踏を駆け抜け空を仰ぐ余裕なく夕焼けるブレード・ランナー

鮮血にまみれたコート　刑事《デカ》曰く「こいつケチャップ、あいつマヨネーズ」

クロネコの足音にハッと後ずさり、君の前世はきっとウミネコ。

目とじても地獄、目ひらいても地獄、メイドカフェのオムライス真っ赤。

藤子ワールド

顔の無いのび太と耳の無いドラえもん　電球が切れた空の下に棲む

曾孫が孫を、孫が子を、子が僕を、追いかけ、僕が死ねばみな消えた

ジャイアンとスネ夫が大人になれぬままお金と妻を借りに来る真夜

白いシーツかぶりコンビニへお買物　だれもオバQ《わたし》のことを知らない

ドロンパと無理に仲良くしなければとストレスためて夏休み終わる

「たぶんあのチンパンジーがパーマン2号だ」動物園で見張りおり

鼻先を黒く塗りつぶしいつまでもコピーロボットのふり引きこもり

怪物くんの帽子の中を知っている人と話がはずむ居酒屋

変えられる過去が次々と壁のように現れ、タイムマシン止まらず

どこまでも行きたいとこへ行きたいね、どこでもドアを開けてどこまでも、

ファウスト

七夕の午前零時に『ファウスト』を読み始むまだまだ月は不死

夏の夜のメフィストフェレスどうせこの世は悪魔ばかり得する仕組み

「ハインリヒ！」情事の最中マルガレーテの声が響くはニッポンの夏

時間とは、あなたを殺すために飛ぶナイフか、生かすために咲く花か、
獄中のマルガレーテよ！　どん底のきみをたすけるいのちも果てたり
若返れば、妊娠させて、狂わせて、嬰児殺させ、凶事《まがごと》ばかり、

うつろうものは、なべてかりもの。心臓が焼ける瞬間《とき》まで閉じざるまぶた。

ドアーズ

エンジェルの金一枚と引換にサルビアの蜜吸うジム・モリソン

満ち足りた神経の束　卓袱台を引っくり返す暴力抑えて

後頭部に水晶の舟ぐっさりと刺さった夜は「ツイてるツイてる！」

独白する右と左の耳でユダが聴くドアーズの『Strange Days《まぼろしの世界》』

迷子だった少女が迷子の世話をしてエスカレーターに導いており

雨が降るたび面が脱げて、スタンプのゴムのベルトは明日の日付。

馬の顔、牛の顔、犬の顔、猫の顔、鬼の顔、みな軀は人。

いつまでもペプシかコカかまぼろしの声が響いて無意識のカフェ

音楽はもう終わり、さあ、明かりつけて、仮面外して、着ぐるみ脱いで、

もう忘れることを学べよ　俺なんかこの世に棲んでいたことはない

怪獣王国

着ぐるみのゴジラやモスラが宙吊りにされた部屋にて人皮を脱ぐ
ざむざむと切り刻む場面一秒も流れなくても、　これがマタンゴ

顔のない怪獣現われ真っ青な空の天井を手で支えはじむ

カネゴンが食べるお金はどんなフンになるかね、富士の噴火を見つつ、

ゆっくりと汚辱の沼から立ち上がるジャミラにかまうな、もはや抜け殻。

爆弾を落とされた王国のダダ。散らばった精子を手ですくう、しゃくる、

ちゃぶ台をはさみ向き合うメトロン星人「潜水服は早く脱ぎなよ」

大阪城壊したゴモラ、スペシウム光線浴びて夕焼け化する。

核のないヘドラが泥の河に海に浮かぶ　昭和の公害怪獣

『キングコング対ゴジラ』観た二丁目の映画館《シアター》、今は猫の収容所。

ニュー・シネマ・パラダイス

セイウチに似た映写技師がゆっくりとフィルム回せば、シチリアの海。

運命の扉は押しても引いても動かず、ずらせば開くものです。

蒸し暑い国のクーラー効いてない部屋でコマ回す、猿と交互に、

一ミリのズレなくジオラマを口内に作る歯科技師の、ああパラダイス座

ふるさとが世界の終わりか……知ってたら残りの臓器はみな寄付してた

歯ぎしりの音にびっくりして目覚めてもひとり歯ぎしりやめてもひとり

コメじゃないアスタリスクだ　米米クラブはまいまいクラブじゃなくて

君に似た娘に会った、僕の子でない君の子さ、エレナは風の中、

差出人不明の手紙ためこんで晩年に読む　×××《キスキスキス》（涙）……

モリコーネ響く映写室　生玉子のようなトト坊が無邪気に笑う

ショッカー

校庭の片隅に巣くうアリ踏んでバッタに改造されたる男

1号も2号3号4号もバッタのように高く跳ぶのさ
ジャンプしてキックするにもまず眼鏡レンズ拭かねば町がつぶれる
器からこぼれた臓器ひとつひとつひろいあつめてひとりにもどす

国救え、世界を守れ、その前に駐車違反の車動かせ。

携帯を鳴らせば飛んでくる仮面ライダーのような彼氏になりたい

蜘蛛男蝙蝠男　覗き穴から見える瞳《め》の生粋のひかり

終電で帰る怪人　白星《白いの》と黒星《黒いの》が鍵盤《キー》のように並びて

ショッカーの手先かもしれぬ保険屋の営業さんに笑みかけられて

目覚めたら舞台の上で着ぐるみを着て殺めてた　それがショッカー

ビートルズ

わたくしの居場所はどこかあそこかとマウスうごかし苺畑へ

聴覚障害児クラスの片隅で聴くビートルズ　それが真実

真夜中を突っ走りながらぼくだけが（imagine）感じる（imagine）ピース

ジョン去りてジョージも果ててポールはまだ歌いリンゴがなる青い森

病廊をさまよい遂に捕まえし鳥に名付けよ『即席因果応報《インスタント・カルマ》』

愛こそがすべてのはずさ、ハローって呼んだのに No reply, why John?

晩年に想いを語るインタビュー「この世は男と女しかいない」

撃たれた日に君がテレビで（スタンバイミー♫）叫んでた（スタンバイミー♫）

ずたずたに切り裂かれても枯れた道あるきつづけてこそ飲める真水

プールとミキサー

水銀のプールに溺れ金魚になる　ダリの海鼠がいつもわが背に

『君によむ物語』母に読むたびに記憶がよみがえるプラネタリウム

新しきブーツを買いに行く前に雲隠れしたおとうとひとり

針が降る空を見上げて、胃の内側をゆっくりと外側にするミキサーの底に目玉が転がりてヒマワリ回れば、真っ赤な太陽。

母さんを憎む〈毛皮のマリー〉が棲む青森県に毛虫が増える

ほとばしる記憶をおさえきれなくて、右脳と左脳を結ぶ脳漿。

鷲鳥卵売りにゆく母　地下駅の無人改札口でまどろむ

風の色みえるこの眼であの風を、見よ。燈火色のため息のようだ。

震度七の地震だ地震　ぐらぐらと本棚崩れて海豚が群れる

Black　43首

颪の視線

ながされるトレーラーの声に耳すましほどけつつある雲のむこうへ

村人の目を盗みつつ放射線浴びたるはかのグレーゴル・ザムザ

蒼白い昆虫の顔があらわれて地下鉄路線図をなぞりゆく

熱帯魚、深海生物、ペンギンもはこばれてきてDead or Alive

余震やまぬ国で放射線吐くゴジラ背びれ光らせ何怒りつつ

半壊した家もわたしもこの春も風の視線にさらされており

浮き沈みする命あり雑草の名は覚えずて切なかるべし

かけら

金曜日午後二時四十六分、映画『修羅場』の上映開始。

暴動を起こした波を黙し見つむ　ケータイがいつまでも震えて

巨大波の前ではわれはぬいぐるみ　瞬くうちに泥つめられて

砂時計の砂のひとつぶひとつぶを時のパーツとして受け止めよ

噴水の頂へとすぐに運ばれて破裂するのみ　風船のひと

一束の波は忘れたころに来る　海のはらわた掃除せざると

告白の途中できみはさらわれて色なき風が海底を舞う

（マスゲーム）一階だけが空洞でエレベーターは骨（マスゲーム）

幽閉の山椒魚が暴れるを見守るのみか日本人ガエル

震源はたぶんわたしのこころのなか　わたしがゆらぐとき地はゆれる
パッケージされたるままの安全な水平線と信じてたのに
信号の明かりがつかぬ国道を人と風とが譲り合い通る

給水に並びガソリンスタンドに並び　ふくらむは海だけでなく

探すもの膨大にありすぎて今、風のかけらをとりあえずひろう

片方の靴を落として逃げる群れ　崩れそうなる原発道路

×のある「原発リスト」清志郎が黒マジックでぬりつぶし歌う

人生にランク付けあり　病棟の廊下に風を敷いて寝るひと

闇黒がうごめく奥で弾むきみの声ペンライトにて照らしたり

口づけで気をまぎらせる停電の夜が明けてきて　せつないキャラメル

物心ついたばかりの子どもにまで踏みつけられて向日葵は咲く

スポンジをいくらしぼりても塩水が永久《とわ》にあふれでてくる町に住む

消えそうなきみのtweet《つぶやき》　返信を待つ屋上で眺めておりぬ

Lady Gagaばかり聴くきみの横でYouTubeのRadio Ga Ga観ていたり

指先でチャンネル変えたディスプレイにAKB48《女の子たち》　真水のふりで

たどりつくことができない駅の手前　散らばるおんなヘビーローテーション

戦線を離脱して待つマクドナルド　瓦礫が残る町の上にあり

ディジュリドゥ、ジャンベの音にそれぞれの声が沁みゆく朗読ライブ

においたつ桃をしぼるがごとき歌たんたんとよむ震災歌人

背後で鳴るディジュリドゥの音に合わせつつ歌をよみたり傷のいたきに

あのときにまぶたを閉じたばっかりに無限に会えないひとが増殖す

モニターの光の中に母がいる　いつも握ってくれたおにぎり

もう流れてしまったんだよ　海色のレコードはもう鳴らしませんから

ポケットの中に無理矢理つめこみし砂の女のひとりが笑う

巻き戻しの途中でいつも止まりたり　ノイズだらけの地球の画面

ミッキーの中に棲んでる日本人よ　覗き窓から富士を見なさい

あの日からカラータイマー外したるウルトラマンがふえて　ニッポン

White　64首

いつまでもまぶたにのこる町並みよ　あの日からしぼんだままの風船

行間

行間で息止めました　開かれたページが黒く塗りつぶされて

行間に置かれたる愛　ひとことで伝えられない傷みともないて

行間にひそむ蜘蛛の巣払いつつ振り子のように行き来する瞳

行間を見つめているると夜になり神社に父が満ちあふれたり

行間でジャンベの音が響きたり　田園にあるゲンパツ爆発

行間でつかまえたるは象の心臓《ハート》　砂時計の砂より小さきよ

行間に拾いしロザリオ　手術後のベッドの下に隠しておりぬ

行間に見つけしきみの名前「嗚呼きみはいつでも窓の中だった」

行間にはさまれわれは聴いている　時の流れにただよう歌を

行間に視える言葉の平和かな　宇宙とわれはつながりてひとつ

いつまでもふるさとだったはずなのに　流された町も行方不明

クリック

一頁ごとにクリックくりかえしわたしはいつかダザイにもどる

いかされてなおいかされてニンゲンの係はいつもいかされるべし

黙々と瓦礫をかたづけ黙々と愛をもどしてついに夕焼ける

ビル街がいつか地面に沈みゆく　仮面を洗う一瞬のうちに

街中にひそむ命の火をひろいあつめ天使はとがりゆくなり

脱出の方法がまだわからずにスマホをいじるあなたとわたし

山をなす瓦礫の底に雪だるま　生かされつつも陽にとけてゆく

波際で死をおもうわれでありました、今は町へと近づいてます、

この町に育てられつつこの町に許しを乞う今、まだまだ生きよ。

いつまでも余震つづいて福島でゴジラがあそぶうつくしき国

イルミネーション

サンタ帽かぶりて歩く地下の街　生き疲れたる人に会うため

行進だ（illumination）ゆっくりと（illumination）星ひきずりて

あの店の（illumination）トナカイが（illumination）こちらを見てる

（わが耳を）illumination（飾る色）illumination（保護色になる）

にらめっこ（illumination）耳鳴りが（illumination）おさまるまでの

笑えずに（illumination）刻まれて（illumination）まな板のうえ

（独裁者）illumination（死すという）illumination（報は彼方へ）

撮影を（illumination）終えてから（illumination）また風になる

街中の（illumination）死者のため（illumination）かさぶたを焼く

あの風に吹かれてきみも日常にまみれたままで）））illumination（（（

〜〜〜〜〜〜〜〜〜〜〜〜〜〜〜〜〜〜〜〜〜〜〜〜〜〜〜〜〜
いつまでもあの日の津波をくりかえし流すYouTube 百万回も
〜〜〜〜〜〜〜〜〜〜〜〜〜〜〜〜〜〜〜〜〜〜〜〜〜〜〜〜〜

ステージ

他人《ひと》と比べることもなくわれはわれわれ軽自動車で静かに走る

玉響《たまゆら》が浮かぶ居酒屋　アート展打ち上げに集うジョンやジョージや

アセロラのチューハイを飲み干してわが葉脈の隅から隅までに

ほんものの人間なんてアンドロイド　足りない愛を欲しがるだけの

わが椅子に座れないまま時が去る　酸素ボンベの重さがつらい

選ばれてあることのしるし　あなたからお声をかけていただいた夜

誰もいぬ広場に声を放つごと酸素マスクを外せりわれは

ビートルズのコピーバンドが叫ぶ愛　フクシマからの復興支援

ビートルズのチカラを信じてどんぐりをばらまくことも使命のひとつ

目に見えるメッセージしか聴こえない君に届ける水彩の花

アクリルの絵の具溶かして重ねたる色のすきまに沁み込む命

マネキンにかつらがなくて紙粘土で髪をつくればジョン・レノンなり

生かされた命燃やしてわれはただ愛と平和のひとになりたし

障害を持ちし境遇に逆らわず流されるふりして流れゆく

この先はあなたたちしか通れない（壁を壊して道つくるのみ）

言魂につめたるなにか真夜中に弾けてわれと猫を狂わす

ギリギリのボーダーラインをたどりつつ成就するため地に足つけよ

マンダラの光が護るステージで叫ぶは愛や平和や感謝

耳をただかたむけくれるひとにのみ届けばきっと報われる音魂《おと》

朗読をする久保さんがまちがった少女になりてマスゲーム終わり

赤々と燃えるカノンのステージに亡きがらひろう老の声ひびく

市長が読む大塚大《ひろし》

二十四歳で交通事故死

短歌選

面会の時間すぎてもきみは待つ　エレベーターのドアのすぐ向こう

いつまでも胸張り裂けて……あなたたちの死は決して無駄にしません

離婚して子を取られたる友が吹くディジュリドゥの音　桜散らして

ステージで空の向こうへ指さすと幸せに色付くと気づきたり

ありがとう光ありがとう言魂よ　かすかにゆれて飛ぶ龍の影

このままでいいと捨てずに風船を抱えてずっと膨らましゆく

明け方のわがステージにたまゆらの多く輝けり曼荼羅のひかり

いつまでもうつくしき日本　いつまでもうつくしき東北　サクラサクサク

言魂ロックンロール

ＧＯ死血ＧＯ詩地詩地のリズム脳内に響け　言魂ロックンロール

Green 29首

摩天楼の森

デジタルの夢ならノイズけずりましょう　幕切れまでにナイフさがして

色のない瞳《め》にバーコード刻まれて検索を繰り返す国に入る

読みさしの『日はまた昇る』にたまりたる塵はそのまま祈りのごとく

朝一番《あさいち》の君のメールに起こされてベーグルを求むタイムズスクエア

病むひとに包囲されたるミッキーマウス「僕はこの世で神より有名さ」

ディズニーの巨大ネオンが反射する路面に錠剤ばらまかれたり

踊る脚がサンドイッチからはみ出たり　風にさからう摩天楼の森

コンビニの袋につめし星条旗　貧民街《ゲットー》裏でひろい集めたり

オノマトペを積み重ねたる喧噪のグラウンド・ゼロ　蟻の行列

地下鉄の改札口で歯車をはずして向かうセントラルパーク

解凍を待つ間に肉が意思を捨つ　国境の無きレノン忌の景

多国籍料理にかこまれストロベリーフィールズのなかで鳥を洗えり

ニャンダルワ県ニャフルル市オルジョロコ町出身の黒人牧師

森に迷う移動式屋台《ベンダー》を置き去りにしてセントポールズ教会に消ゆ

真夜中のシアター出でてヒルトンに帰れば君の遊びし跡あり

友達をブロックしたるFacebook　透明な馬が並ぶ牧場

割れたたまご　誰のせいかといつまでも責めくる君に「いいね」１００件

春雷に震う硝子に耳をあて窓外をみる　軽自動車《ラピュタ》にこもりて

終点も知れぬオバマよあわれなり窓の隙より雨しぶき入る

われを呼ぶ自由の女神がよなよなを心みだして部位を痛くす

かの朝も君がつぶしたる手のひらの檸檬の処理ではじまりにけり

孤立してゆくマンハッタン　羽化とげしアゲハが窓から飛び去るまでの

キャタピラに踏み荒らされしハーレムの庭に桜が舞い散りゆけり

ゆっくりと瓦礫の城を取り巻くはＡＫＢ48《女の子たち》　終末近し

押し寄せる波が君という折り鶴を白き和紙へともどしゆくなり

誰の死を告げくるものなき森の中　キャブのシートで朽ちてゆく樹ぞ

はがすべきガムがキャンバスにありすぎて宙吊りのままゴッホに向き合う

芯までも酔いて帰りし夜の床に星くずひとつ瞬いており

真近くでうみねこが啼くこの部屋に目覚めたりペットボトルを抱いて

あとがき

今年一月十五日に私は五十歳になった。伯母に短歌を勧められ初めて作歌した中学二年のときから三十六年。啄木の歌に憧れた十代を送り、早大生になると同じ青森県出身の寺山修司に惹かれ、試行錯誤しながらも私はずっと短歌の世界に棲んできた。幼少時に病気のため聴力を七割ほど失った私は、聴覚障害で悩み続けてきたが、短歌を作ることで正気を保ってきた。七年前には原因不明の難病・潰瘍性大腸炎になり、苦しんだ。

二〇一一年三月十一日、東日本大震災。この日、私は生まれ変わった。命が流されたのと比べたら、耳と大腸を流されたくらいまだまだ大丈夫と前向きに考え、生きている間に夢を叶え続けようと決心し、今まで引きこもっていた部屋から外に飛び出した。まず、二〇一一年十月九日に念願の第一歌集『ノーホエア・マン』（砂子屋書房）を出版した。

この『摩天楼の森』は私の第二歌集になる。二〇〇八年から二〇一二年まで歌誌『未来』に発表したものや未発表のもの等、三百六十三首をリミックスした。五つある章は私の人生を時系列に色で表わしていて、【Blue】（苦悩の日々）～【Red】（難病患者の眼）～【Black】（大震災の闇）～【White】（無垢な祈り）～【Green】（意志の覚醒）となっている。私にとって一首一首の短歌は摩天楼そのものであり、天に捧げる祈りをそれぞれに込めてある。この歌集を手にしてくださった方はどなたでも私と同じ「摩天楼の森」の住人である。

今回、東奥文芸叢書に加えていただくありがたい機会をくださった東奥日報社と出版部の方々に大変お世話になりました。心よりお礼申し上げます。そして、私の人生でご縁があってずっと私を支えてくれている家族と友人たちのおかげと深く感謝してます！

青森県に、東北に、日本に、世界中に、愛と平和の言魂が広がりますように！　ラブ&ピース！

大庭れいじ

平成二十七年二月吉日

著者略歴

大庭れいじ（おおば　れいじ）

一九六五年一月十五日、八戸市生まれ。三条小、八戸第二中、八工大二高、早稲田大学文学部卒業。幼少時に病気で聴覚を七割ほど失う。二〇〇八年八月に難病（潰瘍性大腸炎）になる。七九年「若菜の会」に入会、佐々木久枝氏（伯母）に師事。九二年九月「未来短歌会」に入会、岡井隆氏に師事。早稲田文学新人賞最終選考通過、短歌研究新人賞最終選考通過、第一回石川啄木賞佳作、未来賞次席等。東日本大震災以後、チャリティー朗読ライブ「愛と平和の言魂ＬＩＶＥ!!」を開催したり「大庭れいじアート展」の会場でチャリティー似顔絵を描いたりして震災復興支援の募金活動を続け、現在に至る。

メールアドレス　ooba-reiji@excite.co.jp

東奥文芸叢書　短歌17

大庭れいじ歌集　摩天楼の森

発　行　二〇一五（平成二十七）年五月十日
著　者　大庭れいじ
発行者　塩越隆雄
発行所　株式会社　東奥日報社
〒030-0180　青森市第二問屋町3丁目1番89号
電　話　017-739-1539（出版部）
印刷所　東奥印刷株式会社

ISBN－978－4－88561－190－2　C0092　￥1200E

東奥日報創刊125周年記念企画

東奥文芸叢書　短歌

梅内美華子　福井　緑
工藤　邦男　福士　修二
山下　正義　工藤せい子
平井　軍治　中村　キネ
中村　道郎　佐々木久枝
道合千勢子　兼平　勉
山谷　久子　内野芙美江
斉藤　梢　秋谷まゆみ
大庭れいじ　間山　淑子
菊池みのり　吉田　晶一

（第一次配本20名、既刊は太字）

東奥文芸叢書刊行にあたって

青森県の短詩型文芸界は寺山修司、増田手古奈、成田千空をはじめ日本文学界をリードする数多くの優れた文人を輩出してきた。その流れを汲んで現代においても俳句の加藤憲曠、短歌の梅内美華子、福井緑、川柳の高田寄生木など全国レベルの作家が活躍し、その後を追うように、新進気鋭の作家が次々と現れている。

１８８８年（明治21年）に創刊した東奥日報社が１２５年の歴史の中で醸成してきた文化の土壌は、「サンデー東奥」（１９２９年刊）、「月刊東奥」（１９３９年刊）への投稿、寄稿、連載、続いて戦後まもなく開始した短歌・俳句・川柳の大会開催や「東奥歌壇」、「東奥俳壇」、「東奥柳壇」などを通じて、本州最北端という独特の風土を色濃くまとった個性豊かな文化を花開かせてきた。

二十一世紀に入り、社会情勢は大きく変貌した。景気低迷が長期化し、核家族化、高齢化がすすみ、さらには未曾有の災害を体験し、その復興も遅々として進まない状況にある。このように厳しい時代にあってこそ、人々が笑顔と元気を取り戻し、地域が再び蘇るためには「文化」の力が大きく寄与することは間違いない。

東奥日報社は、このたび創刊１２５周年事業として、青森県短詩型文芸の優れた作品を県内外に紹介し、文化遺産として後世に伝えるために、「東奥文芸叢書（短歌、俳句、川柳各30冊・全90冊）」を刊行することにした。「文化」の力は地域を豊かにし、世界へ通ずる。本県文芸のいっそうの興隆を願ってやまない。

平成二十六年一月

東奥日報社代表取締役社長　塩越　隆雄